4869 Main Street   Manchester Center, VT 05255
www.northshire.com

A Celebration of Mothers Day for Peace: A Herstory
UN DÍA DE LAS MADRES POR LA PAZ.
©2021 by Womyn Peace Collective
©2021 Escrito por El Colectivo de Mujeres por la Paz
womynpeacecollective.wordpress.com

Cover art and illustrations by Stefani Pacheco González
Layout by Carolina Urueta Restrepo

Paperback ISBN: 978-1-60571-557-5
Ebook ISBN: 978-1-60571-559-9

Building Community, One Book at a Time
A family-owned, independent bookstore in
Manchester Ctr., VT, since 1976 and Saratoga Springs, NY since 2013.
We are committed to excellence in bookselling.
The Northshire Bookstore's mission is to serve as a resource for
information, ideas, and entertainment while honoring the needs
of customers, staff, and community.

Printed in the United States of America

UN DÍA DE LAS MADRES POR LA PAZ

◇ ◇ ◇

A CELEBRATION OF MOTHERS DAY FOR PEACE: A HERSTORY

Escrito por El Colectivo de Mujeres por la Paz

Written by Womyn Peace Collective

Ilustrado por ✵ Illustrated by

Stefani Pacheco González

DEDICAMOS ESTE LIBRO A...

Nuestras madres
y
todas las mujeres
a través del mundo y del tiempo,
cuya valentía y persistencia
nos dan esperanza
de que la paz
y el amor prevalecerán.

WE DEDICATE THIS BOOK TO...

Our Mothers
and
All Womyn
throughout the world and time
whose courage and persistence
give us hope
that peace and love
will prevail.

Cada día después de la escuela, Alejandra y su hermano José aman mirar por la ventana del autobús en su camino a casa.

Alejandra suele imaginar que tiene súper poderes, y que puede saltar sobre los edificios. Mientras, José inventa historias con los animales que ve en el camino.

◆ ◆ ◆

Destiny and her brother Joshua love looking through the window as they ride the school bus back home.

Destiny imagines herself with superpowers and jumping over houses. Joshua imagines stories about the animals he gets to see.

Un día de mayo, mientras pasan por la plaza, Alejandra y José ven a algunas personas cantando y levantando pancartas.

"¿Qué es eso?" pregunta José mientras señala al grupo de gente.

One day in May they pass by Forest Park and see people holding signs and chanting together.

"What's that?" asks Joshua as he points at the large group of people.

"No sé, pero parecen un poco molestos", responde Alejandra.

"Tal vez perdieron sus galletas como yo", dice José.

"José, tú no perdiste tus galletas – ¡te las comiste!" le dice Alejandra torciendo los ojos al comentario de su hermano.

"I don't know, but they seem upset," Destiny answers.

"Maybe they lost their cookie like me," says Joshua.

"Joshua, you didn't lose your cookie - you ate it!" Destiny rolls her eyes.

José y Alejandra entran a la casa, aun discutiendo el serio tema de las galletas.

"¡No me las comí!"
dice José insistentemente.

"¡Sí lo hiciste!" le responde, como por reflejo, Alejandra.

"¿Qué hicieron estos niños ahora, ah?" les interrumpe una voz conocida desde la sala.

Alejandra y José intercambian una mirada cómplice y corren hacia dónde proviene la voz emocionados. Saben que esa voz inconfundible sólo puede significar una cosa: ¡la abuela Emilia está en casa para el Día de las Madres!

Joshua and Destiny walk into their house still talking about the cookie.

"Did not!" Joshua says.

"Did too!" Destiny replies.

"What did you both do now?"

A familiar voice calls to them from the living room and Destiny and Joshua run to her with big smiles, knowing it could only be one person.

Grandma Joy here for Mothers Day!

"¡Abuelita! ¡Abuelita!" gritan los niños mientras abrazan a su amada mamá Emilia, quien los besa y abraza también.

"¿Qué es lo que están discutiendo?" pregunta mamá Emilia después de saludarlos.

"Pues..." comienza Alejandra, "hay algunas personas en el parque con pancartas y mensajes sobre paz y guerra".

"Uh huh" responde mamá Emilia con ojos vivaces.

"Y José dice que están molestos porque perdieron sus galletas... ¿Qué te parece?" añade rápidamente Alejandra.

"Grandma! Grandma!" Both children cheer as they hug their beloved Grandma Joy, who kisses and hugs them.

"What are you kids discussing?" Grandma Joy asks after they said hello.

"Oh, well you know..." Destiny starts, "there are some people in the park holding signs about war and peace."

"Uh huh," says Grandma Joy.

"And Joshua says they're upset about cookies...can you believe him?!"

Mamá Emilia no puede aguantar la risa "Tal vez… No sería la primera vez que hay una protesta porque alguien tiene hambre".

"¿Protesta?" pregunta José.

"Sí", responde Alejandra, "estaban cantando algo…"

"¿De causalidad cantaban 'queremos paz'?" Mamá Emilia sonríe comprensivamente mientras busca algo en su bolso.

Grandma Joy couldn't stop her laugh. "Maybe…" she says. "It would not be the first time there is a protest because someone is hungry."

"Protest?" Joshua asks.

"Yes," Destiny replies, "they were chanting something…"

"Peace? … Something like peace?" Grandma Joy smiles as she looks for something.

"Ese símbolo que tienes en tu camiseta – estaba también en las pancartas de la plaza" dice Alejandra.
"¿Qué quiere decir eso, mamá Emilia?"

"Déjame mostrarte", dice emocionada mamá Emilia. Justo en ese momento, llega la mamá de Alejandra y José quien, al levantar la vista de su bolso, exclama "¡Hola, mamá Emilia, llegaste!"

◆ ◆ ◆

"That sign on your t-shirt - that was on the signs at the park," Destiny says.
"Grandma, what does that mean?"

"Let me show you," says Grandma.

Destiny and Joshua's mom join them.
"Hi! Mom, you made it! So glad you are here!"

"¿Quién es esta, mamá Emilia? ¿Es la tía Ana?" José pregunta con los ojos abiertos por la sorpresa.

"No… ¡esa soy yo!" dice mamá Emilia

"Te ves, no sé, ¡diferente!" dice José con su típica honestidad.

"Bueno pues… ¡gracias!" ríe enérgicamente mamá Emilia.

"¿Y quién es este que está contigo aquí, mamá Emilia?" pregunta Alejandra.

"Ese es tu papá, querida. El solía venir conmigo a las marchas y protestas. Yo quería que conociera las historias que no salían en los libros del colegio" responde con orgullo su abuela.

"Who's that, Grandma? Is it Aunt Patty?"

"No…that's me!" Grandma Joy says.

"You look different!" says Joshua.

"Well, thank you," Grandma Joy chuckles.

"And who's that with you, Grandma?" Destiny asks.

"That's your father, dear. He would come with me to rallies and protests. I wanted him to know stories that were not in his history books."

Mamá Emilia continúa, "desde muy joven, he sido una activista por la paz".

"¿Qué significa ser una activista por la paz?" pregunta Alejandra.

"Pues… déjenme contarles una historia sobre algunas personas que han trabajado por la paz", responde mamá Emilia.

Grandma Joy continues, "Since I was very young, I have been a peace activist."

"What is a peace activist?" asks Destiny.

"Well…let me tell you a story of people who have worked for peace," Grandma answers.

"Muchas mujeres han trabajado siempre en la búsqueda de la paz. De hecho, ¿ustedes sabían que el Día de las Madres fue creado por mujeres que querían reunirse por la paz?"

"Pero, mamá Emilia, ¿qué tiene que ver la paz con el Día de las Madres?" pregunta Alejandra.

"¡Esa sí que es una buena pregunta, mi niña!", dice mamá Emilia. "Déjenme mostrarles".

"Womyn have always worked together in the search for peace. Actually, did you know that Mothers Day was started by womyn who wanted to come together for peace?"

"But, Grandma, what does peace have to do with Mothers Day?" asks Destiny.

"Now, that's a good question, dear!" says Grandma Joy. "Let me show you."

"En una época en la que las mujeres no eran consideradas muy importantes en nuestra sociedad", continúa mamá Emilia, "Julia Ward Howe levantó su voz para hablar sobre paz. Ella pensaba en las madres de todo el mundo que pierden a sus hijos en la guerra. Y creía que ellas tenían también el poder de acabar con las guerras. Pues, ninguna mamá quiere que su hijo sea enviado a herir a los hijos de otras mamás, ¿cierto?"

"Yo todavía no entiendo eso del Día de las Madres, abuelita" dice Alejandra.

"Pues… verás, Julia soñaba con un día en que las madres de todo el mundo se reunieran para actuar por la paz, y fue así como nació la idea de un Día de las Madres por la Paz".

"In a time when womyn were not considered very important in our society," Grandma Joy continues, "Julia Ward Howe raised her voice to talk about the need for peace. She thought about how mothers all over the world lose their children to war. And, she believed that mothers also have the power to end wars. You know, no mother wants their child to be sent to hurt other mothers' children."

"I still don't get the Mothers Day piece, Grandma," says Destiny.

"Well, Julia dreamed of a day in which mothers from all over the world would get together to act for peace, and that's how the idea of a Mothers Peace Day was created."

Mamá Emilia siguió contándole a José y a Alejandra sobre los grupos de mujeres que han trabajado por la paz a través del tiempo.

Las Madres del Clan de los Haudenosaunee: Hace casi mil años, las Madres del Clan de los Iroqueses, en Norteamérica, ayudaron a La Pacificadora, la Jigonsaseh (Madre de las Naciones) y a Aiionwatha (Hiawatha) a unir a las cinco (más tarde seis) naciones para cooperar y vivir en paz. Las Madres del Clan podían vetar la guerra y, aún hoy, trabajan para mantener la armonía entre sus naciones.

◆ ◆ ◆

Grandma continued talking to Destiny and Joshua about the groups of womyn that have worked for peace throughout time.

The Clan Mothers of the Haudenosaunee: Almost a thousand years ago, the Clan Mothers of the Haudenosaunee (Iroquois) helped the Peacemaker, the Jigonsaseh (Mother of Nations) and Aiionwatha (Hiawatha) to bring the five (later six) nations together to cooperate and live in peace. The Clan Mothers could veto war and still today work to keep harmony among their nations.

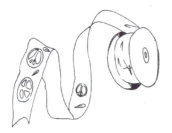 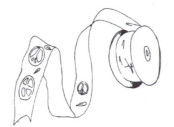 

Madres de Falsos Positivos en Colombia: Un grupo organizado de mujeres que, por más de una década, han luchado por conocer la verdad sobre sus hijos y familiares, que fueron desaparecidos, asesinados, y disfrazados de miembros de la guerrilla por las fuerzas militares colombianas. Ellas continúan uniendo esfuerzos por la paz y la justicia.

◆ ◆ ◆

Madres de Falsos Positivos in Colombia: An organized group of womyn who have struggled for years to find out the truth about their sons and relatives, who were disappeared, killed, and disguised as guerrilla members by the Colombian military. They continue to make efforts for peace and justice.

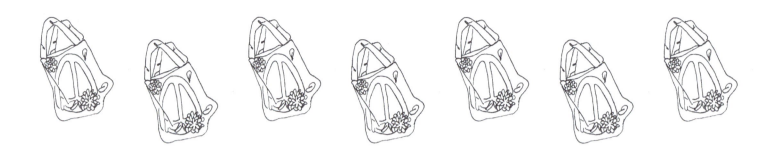

Comité Coordinador No-violento de Estudiantes (SNCC en inglés):
Ella Baker, Diane Nash, y Fannie Lou Hamer fueron mujeres que lideraron acciones directas durante el Movimiento de Derechos Civiles en los Estados Unidos. Asesorando a estudiantes activistas para conformar el Comité Coordinador No-violento de Estudiantes (SNCC), ellas promovían una forma de liderazgo colectiva, en vez de grupos con un solo líder.

◆ ◆ ◆

Student Non-violent Coordinating Committee (SNCC):
Ella Baker, Diane Nash, and Fannie Lou Hamer were prominent womyn on the front lines of direct action throughout the Civil Rights Movement. In advising student activists organizing the Student Nonviolent Coordinating Committee (SNCC) they promoted "group-centered leadership" rather than "leader-centered groups."

#YoTambién: Una campaña internacional para poner fin a la violencia contra las mujeres. Este numeral (hashtag) fue usado por primera vez por Tarana Burke en el 2006. Sin embargo, se convirtió en un movimiento global en el 2017, cuando millones de mujeres en todo el mundo lo usaron para contar sus historias de violencia en las redes sociales.

◆ ◆ ◆

#MeToo: An international campaign to end violence against womyn. The hashtag was first used by Tarana Burke in 2006. It became a widely-known movement in 2017 when millions of womyn all over the world used it to tell their stories in social media.

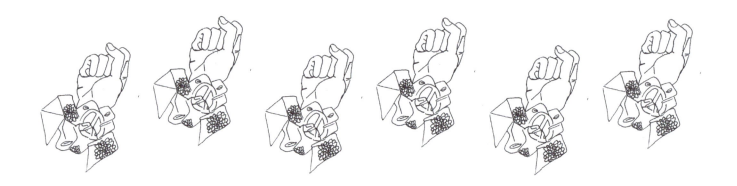

Las Santas de Somalia: La Doctora Abdi y sus hijas, Deqo y Amina, dirigen un campamento en Somalia que brinda refugio a más de 90.000 personas, en su mayoría mujeres y niños. Ellas proveen este apoyo fundamental en medio de una de las peores crisis humanitarias del mundo. Ellas creen firmemente que las mujeres pueden construir estabilidad y paz.

◆ ◆ ◆

Saints of Somalia: Dr. Hawa Abdi and her daughters, Deqo and Amina, run a camp in Somalia that provides housing to approximately 90,000 people, mostly womyn and children. They provide this critical support in the middle of one of the world's worst humanitarian crisis. They think womyn build stability and peace.

"Parece que las personas han estado pidiendo la paz por mucho tiempo", dice Alejandra suspirando.

"¡Eso es muy cierto!" Dice su mamá. "Y todavía vemos tanta violencia en el mundo, hija. Es por eso que mamá Emilia y yo hacemos parte del Colectivo de Mujeres por la Paz, quienes están comprometidas con la paz mundial. Pero se necesita mucho más que nosotras".

"It seems like people have been calling for peace for a long time," Destiny says with a sigh.

"That's true!" says Mom. "And we still see so much violence in the world. That is why Grandma and I are part of the Womyn Peace Collective who are committed to global peace. But it takes more than us."

Mamá Emilia sonríe cuando nota un brillo especial en los ojos de Alejandra.

"… José, y que tal si… convertimos nuestra celebración de Día de las Madres en la escuela en una celebración por la paz?"

José sonríe y corre al garaje a buscar pintura.

Grandma Joy smiles as she notices a sparkle in Destiny's eyes. "…Joshua, what if….we turn our celebration at school for Mothers Day into a celebration of peace?"

Joshua grins and runs to the garage to get some paint.

Alejandra y José llevan su idea al colegio. Con sus maestros y compañeros, trabajan juntos en una gran sorpresa para la celebración del Día de las Madres.

Destiny and Joshua take their idea to school. With their teachers and classmates, they work together on a big surprise for the Mothers Day celebration.

Al finalizar el día, Alejandra y José se sienten orgullosos de su trabajo.

At the end of the day, Destiny and Joshua feel proud of their accomplishments.

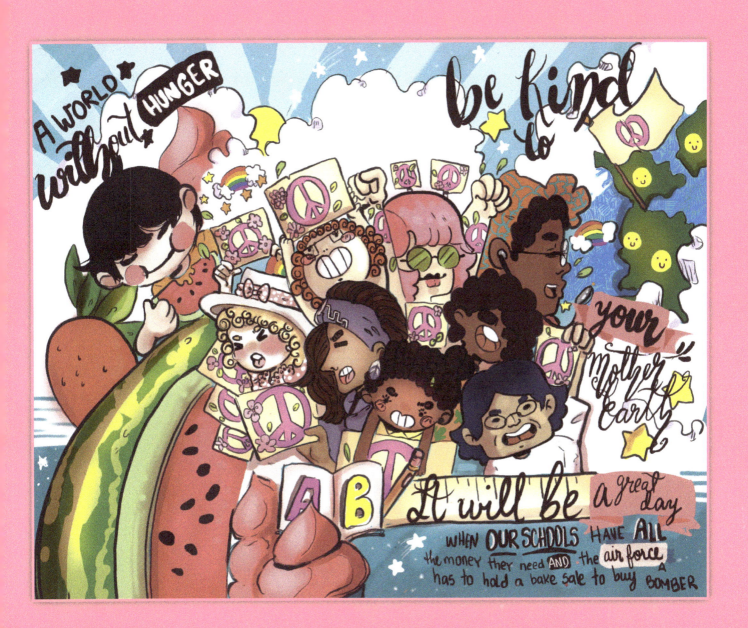

"Nos han mostrado el verdadero significado del Día de las Madres. Nunca se es muy joven o muy viejo para trabajar por la paz", les dice mamá mientras empieza a leerles un cuento de buenas noches.

"You have shown us the real meaning of Mothers Day. You are never too young or old to work for peace," Mom says as she begins to read their bedtime story.

HISTORIA DEL DÍA DE LAS MADRES

MOTHERS DAY FOR PEACE: HERSTORY

EL ORIGEN DEL DÍA DE LAS MADRES POR LA PAZ

Como en la mayoría de las historias, las semillas del Día de las Madres por la Paz estaban siendo plantadas mucho antes de que Julia Ward Howe escribiera su llamado a todas las madres (mujeres) de todas partes del mundo para que se unieran en torno a promover la paz. Julia tenía la idea de que las madres de todo el mundo no debían aceptar enviar a sus hijos e hijas a herir o asesinar a los hijos de otras madres en la guerra. Pero, ¿de dónde vino esta idea?

Julia vivió durante los años 1800 en los Estados Unidos (1819-1910). Así como Harriet Tubman, las hermanas Grimke, y otras más, Julia era una abolicionista (alguien que se oponía a la esclavitud). Julia también era una sufragista (alguien que apoyaba el derecho de las mujeres a votar) como Matilda Jocelyn Gage, Sojourner Truth, y muchas otras. Algunas de las mujeres estadounidenses que estaban en contra de la esclavitud y a favor del voto femenino habían visitado y aprendido de las Haudenosaunee (Confederación de las Seis Naciones)*.

La misma Julia conoció a Red Jacket (Chaqueta Roja), una líder Seneca (Haudenosaunee), cuando era niña. Las mujeres estadounidenses aprendieron que las mujeres Haudenosaunee ya tenían cierta autoridad dentro de sus comunidades y naciones, incluyendo el derecho al voto. Incluso, ellas tenían el poder de decir no a que sus pueblos fueran a la guerra. Si ellas decían que no, no podía haber guerra.

BRIEF BACKGROUND ON MOTHERS DAY FOR PEACE

Like most stories, the seeds of Mothers Day for Peace were being planted long before Julia Ward Howe wrote her call to mothers (womyn) everywhere in the world to come together to promote peace. Julia had an idea that mothers should say no to sending their sons and daughters to kill other mothers' children in war. So where did this idea come from?

Julia lived during the mid-1800's in the United States (1819 – 1910). Like Harriet Tubman, the Grimke sisters, and others, Julia was an abolitionist (someone against slavery). Julia was also a womyn's suffragist (someone for womyn's right to vote) like Matilda Jocelyn Gage, Sojourner Truth, and many others. Some of the American womyn who were against slavery and for womyn's rights had visited with and learned from the Haudenosaunee (Six Nation Confederacy)*.

Julia herself met Red Jacket, a Seneca leader (Haudenosaunee), when she was a child. The American womyn learned that Haudenosaunee womyn already held authority within their communities and nations, including voting. Even more, they had the power to say no to their people going to war. If they said no war, there was no war.

 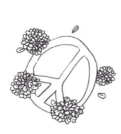   

Julia trabajó con otras abolicionistas y sufragistas estadounidenses para abolir la esclavitud y en favor de los derechos de las mujeres. Pero Julia quería más. Ella también quería acabar con la guerra.

Julia creían que las mujeres de todo el mundo debían unirse para decir NO A LA GUERRA, tal como las mujeres Haudenosaunee podían hacerlo. Ella imaginaba grupos de mujeres trabajando juntas como hacedoras de paz. En 1870, Julia escribió la Proclamación del Día de las Madres por la Paz. Fue a partir de su idea que un Día Internacional de las Madres se volvió realidad. Celebrado originalmente el 2 de junio, el Día de las Madres por la Paz era un espacio para reunirse, planear y trabajar juntas por la paz, lo cual muchas hicieron por cerca de 30 años.

Hubo otro grupo de mujeres que quiso también honrar a las madres con un día en el que se reconociera su arduo trabajo y servicio.
Una de ellas fue Anna Jarvis, cuya madre, Anna Reeves Jarvis, trabajó para mejorar la salud y el saneamiento en Appalachia e incentivó el cuidado de los soldados de ambos bandos durante la Guerra Civil.

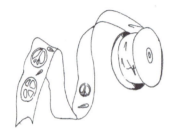 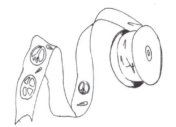 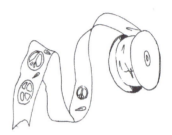

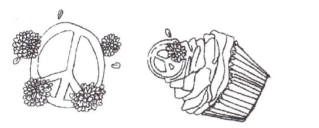  

Julia worked with other American abolitionists and suffragists against slavery and for womyn's rights. But Julia wanted more. She also wanted to end war.

Julia believed womyn from all over the world should come together to say no to war, just like the Haudenosaunee womyn could do. She imagined groups of womyn working together as peace-makers. In 1870 Julia wrote the Mothers Day for Peace Proclamation. It was from her idea that an International Mothers Day came to be. Originally celebrated on June 2nd, Mothers Day for Peace was a time to meet, plan and work together for peace which many did for about 30 years.

There were other womyn who also wanted to honor mothers with a day recognizing their hard work and service. One of these was Anna Jarvis whose mother, Anna Reeves Jarvis, worked to improve health and sanitation in Appalachia and encouraged care for soldiers on both sides during the Civil War.

Anna Jarvis organizó una celebración del Día de las Madres en mayo de 1908. Otra mujer, Juliet Calhoun Blakely, también propuso un Día de las Madres que se enfocó en el servicio. Tristemente, el Día de las Madres como un día festivo pronto fue dominado por las industrias de la publicidad y el comercio, las cuales explotaron la celebración para aumentar sus ventas y ganancias.

Es el momento de reclamar el Día de las Madres como una celebración de paz y del poder de cada una de nosotras como hacedoras de paz.

*La Confederación Haudenosaunee (Iroqués o de las Seis Naciones) significa Gente de la Casa Larga e incluye a las naciones Mohawk, Oneida, Onondaga, Cayuga, Seneca, y Tuscarora. La Peacemaker (hacedora de paz), con la ayuda de la Jigonsaseh (Madre de las Naciones) y Aiionwatha (Hiawatha), fundaron la Confederación Haudenosaunee con el fin de "unir las naciones y crear un medio pacífico para la toma de decisiones". Hay evidencia substancial que soporta la idea de que la Constitución de los Estados Unidos fue creada a partir de la Confederación Haudenosaunee. Las naciones todavía comparten una meta común de vivir en armonía. (www.haudenosauneeconfederacy.com)

Anna Jarvis organized a Mothers Day celebration in May of 1908. Another woman, Juliet Calhoun Blakely, also proposed a Mothers Day that focused on service. Sadly, Mothers Day as a holiday was soon dominated by the advertising industry and businesses who exploited the holiday for sales and profits.

It's time to re-claim Mothers Day as a celebration of peace and the power each of us has to be peace-makers.

*The Haudenosaunee Confederacy (Iroquois or Six Nations) means People of the Longhouse and includes the Mohawk, Oneida, Onondaga, Cayuga, Seneca and Tuscarora nations. The Peacemaker, along with the help of the Jigonsaseh (Mother of Nations) and Aiionwatha (Hiawatha), founded the Haudenosaunee Confederacy as a way to "unite the nations and create a peaceful means of decision making." There is substantial evidence existing to support the idea that the U.S. Constitution was modeled on the Haudenosaunee Confederacy. The nations still today share a common goal of living in harmony.

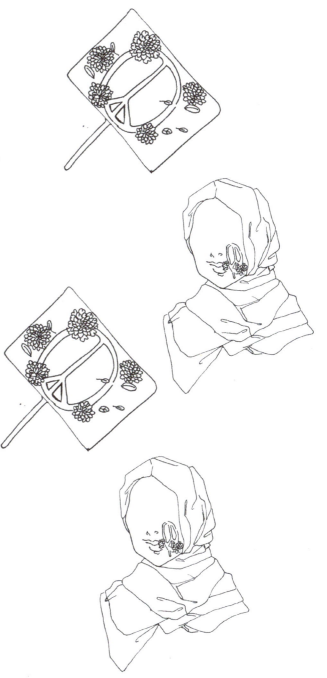

GLOSSARY

Herstory

Herstory emphasizes the important roles womyn have held throughout time. Told from feminist/womanist viewpoints, herstory shines light on the lives and experiences that have been silenced.
Herstory critiques history which is often written as "his story" and from the masculine point of view.

TE MOTIVAMOS A... ¡ACTUAR POR LA PAZ!

☮ Dile al congreso que redireccione el dinero que se gasta en defensa hacia las necesidades educativas, sociales y de salud.

☮ Haz oposición a todas las guerras y a la preparación para la guerra, incluido el reclutamiento.

☮ Comprométete a trabajar por la justicia racial a nivel local y global. ¡Empieza hoy!

☮ Usa la resolución de conflictos en tu propia vida, con tu familia y en tu barrio.

☮ Inicia un jardín comunitario - comparte el trabajo y la producción.

☮ Apoya con donaciones o trabajo a una organización local de mujeres.

Womyn

Womyn or womxn is one of several alternative spellings of the English word women used by some people to avoid using the suffix -man or men- to clearly identify female independence and to challenge the tradition of defining females by referencing to a male norm.

WE ENCOURAGE YOU TO.... ACT FOR PEACE!

- ☮ Tell Congress to redirect military dollars into educational, health and social needs.
- ☮ Oppose all wars and the preparation for war, including recruitment.
- ☮ Commit to work for racial justice locally and globally. Get started today!
- ☮ Use conflict resolution in your own life, family, and neighborhood.
- ☮ Initiate a community garden – share the work and the produce.
- ☮ Donate to or support a local womyn's organization.

LLAMADO A LA FEMINIDAD ALREDEDOR DEL MUNDO (PROCLAMACIÓN DEL DÍA DE LA MADRE)
Julia Ward Howe – 1870

¡Levántense, entonces, mujeres de este día!
Levántense todas las mujeres que tienen corazón,
sea nuestro bautismo de agua o de lágrimas!

Digan firmemente: "No permitiremos que las grandes cuestiones
sean decididas por agencias irrelevantes".

Nuestros esposos no vendrán a nosotros, apestando a matanza,
buscando caricias y aplausos.

Nuestros hijos no nos serán arrebatados para desaprender lo que hemos
podido enseñarles sobre caridad, misericordia y paciencia.

Nosotras las mujeres de un país seremos
demasiado sensibles con las de otro país
Como para dejar que nuestros hijos
sean entrenados para lastimar a los suyos.

Desde el seno de la tierra devastada, una voz se levanta con la nuestra.
Dice: "¡Desármense, desármense!
La espada de la masacre no es el equilibrio de la justicia".

La sangre no borra el deshonor, ni la violencia indica posesión.
Así como los hombres a menudo han abandonado el arado y el yunque
al llamado de la guerra, dejen que las mujeres ahora abandonen todo
lo que pueda quedar de hogar por un gran y sincero día de reunión.

Déjenlas reunirse primero, como mujeres,
para llorar y conmemorar a los muertos.

Déjenlas, luego, solemnemente aconsejarse entre ellas sobre
los medios a través de los cuales la gran familia humana pueda vivir
en paz, cada una soportando después de su propio tiempo la estampa
sagrada, no del César, sino de Dios.

En nombre de la feminidad y la humanidad,
solicito seriamente que un congreso general de mujeres, sin límite
de nacionalidad, sea fijado y celebrado
en el lugar que sea más conveniente y a la mayor brevedad,
en congruencia con sus objetivos,
para promover la alianza de las diferentes nacionalidades, el acuerdo
amistoso sobre cuestiones internacionales,
los grandes y generales intereses de paz.

Appeal to womanhood throughout the world, ... Julia Ward Howe.
Boston, September, 1870. https://www.loc.gov/resource/rbpe.07400300

APPEAL TO WOMANHOOD THROUGHOUT THE WORLD (MOTHER'S DAY PROCLAMATION)

Julia Ward Howe – 1870

Arise, then, women of this day!
Arise all women who have hearts, whether our baptism
be that of water or of tears!

Say firmly: "We will not have great questions decided
by irrelevant agencies.

Our husbands shall not come to us,
reeking with carnage,
for caresses and applause.

Our sons shall not be taken from us
to unlearn all that we have been able
to teach them of charity, mercy and patience.

We women of one country will be too tender
of those of another country to allow our sons
to be trained to injure theirs.

From the bosom of the devastated earth
a voice goes up with our own.
It says: "Disarm, Disarm!
The sword of murder is not the balance of justice."

Blood does not wipe out dishonor nor violence indicate possession.
As men have often forsaken the plow and the anvil at the summons
of war, let women now leave all that may be left of home
for a great and earnest day of counsel.

Let them meet first, as women, to bewail and commemorate the dead.
Let them then solemnly take counsel with each other
as to the means whereby the great human family can live in peace,
each bearing after their own time the sacred impress,
not of Caesar, but of God.

In the name of womanhood and of humanity,
I earnestly ask that a general congress of women without
limit of nationality may be appointed and held
at some place deemed most convenient and at the earliest
period consistent with its objects,
to promote the alliance of the different nationalities,
the amicable settlement of international questions,
the great and general interests of peace.

Appeal to womanhood throughout the world, ... Julia Ward Howe.
Boston, September, 1870. https://www.loc.gov/resource/rbpe.07400300

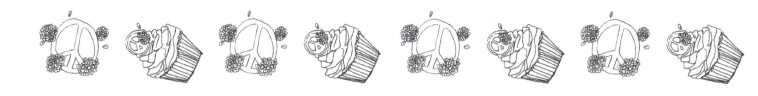

BIBLIOGRAFÍA ✼ BIBLIOGRAPHY

Alonso, Harriet Hyman. Peace as a women's issue: A history of the U.S. movement for world peace and women's rights. Syracuse, NY: Syracuse University Press, 1993.

Antolini, Katharine Lane. Memorializing motherhood: Anna Jarvis and the struggle for the control of Mother's Day. Morgantown, WV: West Virginia University Press, 2014.

Collier-Thomas, Bettye and Franklin, V.P. Sisters in the struggle: African American women in the civil rights-Black Power Movement. New York: New York University Press, 2001.

Howe, Julia Ward. Appeal to Womanhood Throughout the World. 1870.

Howe, Julia Ward. Reminiscences: 1819 - 1899. New York: Houghton, 1899.

Mann, Barbara Alice. Iroquoian Women: The Gantowisas. NY: Peter Lang, 2000.

Me Too Movement. https://metoomvmt.org/get-to-know-us/tarana-burke-founder/

Madres Falsos Positivos de Colombia. https://centrodememoriahistorica.gov.co/tag/mafapo/
Twitter: @MAFAPOCOLOMBIA

Raum, Elizabeth. Julia Ward Howe: American lives. Chicago, Illinois: Heinemann Library, 2004.

Richards, L.E. and Elliott, Maud Howe. Julia Ward Howe 1819 - 1910. Boston and NY: Houghton Mifflin Co, 1915. Accessed on October 21, 2018 http://digital.library.upenn.edu/women/richards/howe/howe-I.html

Showwalter, Elaine. The civil wars of Julia Ward Howe: A biography. NY, NY: Simon & Schuster, 2017.

Wagner, Sally Roesch. Sisters in spirit: Haudenosaunee (Iroquois) influence on early American feminists. Summertown, TN: Native Voices, 2001.

Wagoner, Jean Brown. Julia Ward Howe: Girl of old New York. NY: The Bobbs-Merrill Company, Inc., 1945.

Wallace, P. A. and Kahionhes Fadden, John. The white roots of peace. Iroquois book of life. Sante Fe, New Mexico: Clear Light Publishers, 1994.

Sobre las autoras

El Colectivo de Mujeres por la Paz Es un grupo de mujeres de naturaleza intergeneracional, internacional, y con diversidad racial y cultural comprometidas con la paz global. Tanto de manera individual como colectiva, nos involucramos en actos intencionales y aleatorios de honestidad y construcción de paz, enraizados en nuestro compromiso con la paz mundial.

Echa un vistazo a nuestro blog para conocer más sobre lo que hacemos: **womynpeacecollective.wordpress.com**

Sobre la ilustradora

Stefani Pacheco es una docente de inglés como lengua extranjera, apasionada por la creación de materiales interactivos. Stefani siempre ha disfrutado dibujar y varias de sus obras han sido expuestas en museos en su país de origen, Colombia.

Recientemente, participó en el museo en línea de Houston en honor a George Floyd y actualmente trabaja en su propia representación de un romance LGBT en Colombia en su webtoon: GL MILKYWAY LOVERS. Este libro es su debut en la ilustración de libros infantiles. Stefani es una defensora de los derechos de las mujeres y la diversidad, y usa su arte para levantar su voz sobre estas problemáticas.

About the Authors:

The Womyn Peace Collective is an intergenerational, international, racially and culturally diverse gathering of womyn committed to global peace. Individually and collectively, we engage in intentional and random acts of truth-speaking and peace-making rooted in our commitment to global peace.

Take a look at our blog to find out more about what we do: womynpeacecollective.wordpress.com

About the illustrator:

Stefani Pacheco is an EFL teacher who is very passionate about the creation of interactive materials. Stefani has always loved to draw and she has several of her drawings displayed in small museums in her home country, Colombia.

Recently she participated in Houston's online museum in honor of George Floyd and is currently working on her own portrayal of young queer love in Colombia on her webtoon: GL MILKYWAY LOVERS. This book is her debut in children's book illustration. She is an advocate for womyn's rights and diversity and uses her art to raise her voice about these issues.

CPSIA information can be obtained
at www.ICGtesting.com
Printed in the USA
JSHW010747230322
24158JS00003B/11